Beatrix Lehtmets, Liane Vach

Begleitmaterial: Der Feuerteufel

2 Stationenläufe zur Lektüre –
3-fach differenziert – fächerübergreifend

Quellenangaben
Knisterndes Feuer (.mp3) © Johannes Kayser, Lifestyle 3, Gemafreie Musik, Volume 30, www.gemafrei-sound.de

Beatrix Lehtmets studierte in Göttingen die Fächerschwerpunkte Kunst und Englisch für Grund- und Hauptschulen. Sie arbeitet seit 1994 als Lehrerin im Grundschulbereich.

Liane Vach studierte in Göttingen die Fächer Deutsch, Musik, Sport. Seit 1986 ist sie im Grundschulbereich tätig.

Die Autorinnen arbeiten gemeinsam an der Löwenzahnschule in Moringen in Südniedersachsen. Im Mittelpunkt ihrer Lehrertätigkeit steht seit vielen Jahren das Erstellen differenzierter Materialien für ein individuelles Lernen an Arbeitsplänen und Lernwerkstätten.

1. Auflage 2022

AAP Lehrerwelt GmbH
Veritaskai 3
21079 Hamburg
Telefon: +49 (0) 40325083-040
E-Mail: info@lehrerwelt.de
Geschäftsführung: Christian Glaser
USt-ID: DE 173 77 61 42
Register: AG Hamburg HRB/126335

Autorschaft: Beatrix Lehtmets, Liane Vach
Redaktion: Dr. Sina Hosbach
Covergestaltung: TSA&B Werbeagentur GmbH, Hamburg
Coverfoto: Wooden house or barn burning on fire at night © bilanol - stock.adobe.com (#333032367)
Illustrationen: Beatrix Lehtmets
Satz: Satzpunkt Ursula Ewert GmbH, Bayreuth
Druck und Bindung: Druckerei Joh. Walch GmbH & Co KG, Augsburg

ISBN: 978-3-403-10704-0
www.scolix.de

Inhaltsverzeichnis

Downloadmaterialien

- Laufzettel als editierbare Word-Vorlage (.pdf und .doc)
- Stationskarten „Feuerversuche" als editierbare Word-Vorlage (.pdf und .doc)
- Lesetagebuch – Zusatzmaterial 5
  - „Das interaktive Feuerteufel-Quiz" (.h5p)
  - Infoblatt mit Hilfen und Hinweisen zum H5P-Übungsformat (.pdf)

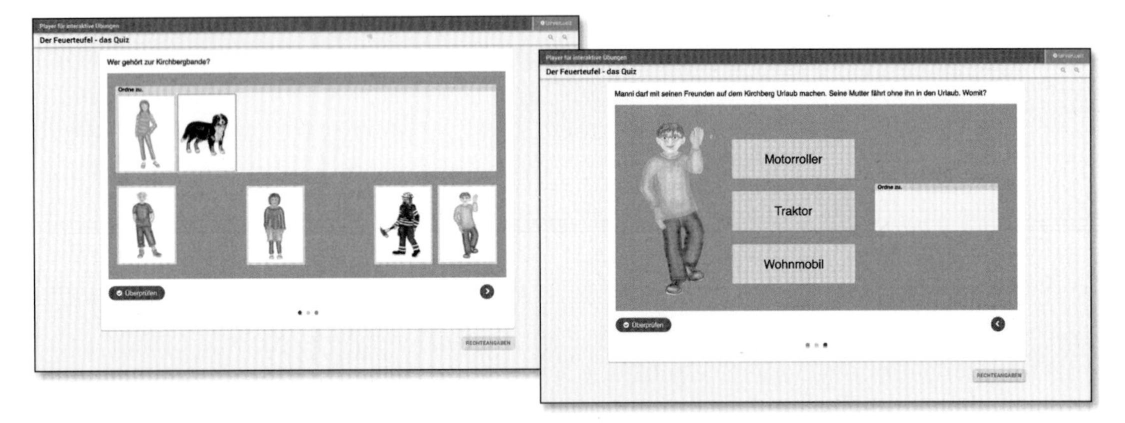

- Feuerversuche – Zusatzmaterial 5: „Das Feuerdreieck" in Farbe (.pdf)
- Vorlage „Bernd, der Schlaufuchs" in Farbe (.pdf)
- Lösungen in Farbe (.pdf):
  - Lesetagebuch: zu den Stationen 1, 2, 3 und 4 sowie zum Zusatzmaterial 4
  - Lektüre: „Fragen zu jedem Kapitel – Kontrolle"
  - Feuerversuche: Erklärungen zu den Stationen 1 bis 7 sowie die Lösung zum Zusatzmaterial 3
- Differenzierte Whiteboardfolien zu „Feuerteufel-Klick", „Das Feuerdreieck" (Z 5) und „Die Ausrüstung von Feuerwehrleuten" (.notebook)
  - Kopien aller Whiteboardfolien zum Ausdrucken (.pdf)
  - Infoblatt mit Hilfen und Hinweisen zu den Whiteboardfolien (.pdf)

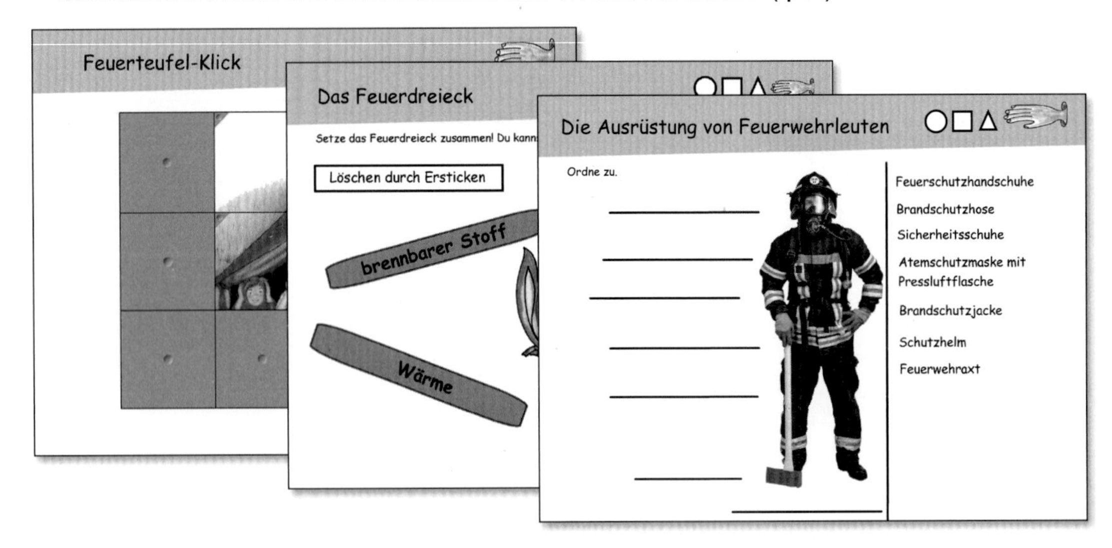

- Bilddateien und Piktogramme
- Playback zum Titelsong und Feuergeräusche als Audiodateien (.mp3)

Liebe Kolleginnen und Kollegen,

erfahrungsgemäß bieten die inhaltlichen Verknüpfungen eines fächerübergreifenden Unterrichts einen erheblichen Lernerfolg auf verschiedenen Ebenen. Um die individuell ausgerichteten Lernprozesse der Kinder in einer heterogenen Lerngruppe effektiv zu fördern und sie an ein entdeckendes Lernen heranzuführen, wird differenziertes Unterrichtsmaterial benötigt, das verschiedene Anforderungen erfüllt: Es muss individuellen Bearbeitungsspielraum zulassen, es soll die Schülerinnen und Schüler motivieren und ihnen die Möglichkeit bieten, sich eigenständig mit Problemen und Fragestellungen auseinanderzusetzen. Darüber hinaus benötigen Schulkinder, die im Rahmen der Inklusion oder der Zweitsprache Deutsch am Unterricht teilnehmen, dringend Materialien, die sie nicht vom Thema und ihrer Lerngruppe ausschließen, sondern ihnen eine erfolgreiche Teilnahme ermöglichen.

Während der ersten beiden Schuljahre stand im Fach Deutsch der Lese- und Schriftspracherwerb im Vordergrund. Nun gilt es, dieses „Pflänzchen" zu pflegen, die Lesefreude der Kinder zu wecken und zu fördern, sowie weiterhin die Lesetechnik zu trainieren. Es bietet sich an, das weiterführende Lesen mit einem Lesetagebuch als fachspezifische Leistung sowie mit sachunterrichtlichen Inhalten zu verknüpfen und einen musikalischen Begleitsong zu integrieren.

Diese Sammlung differenzierter und flexibel einsetzbarer Materialien zu einer spannenden Detektivgeschichte über Feuer, Freundschaft, Zusammenhalt und Empathie erfüllt folgende Kriterien:

- Differenzierung in dreifacher Form
- kompetenzorientierte Lerninhalte
- Weiterführung von selbstgesteuertem, entdeckendem Lernen
- klare und verständliche Struktur
- Arbeitsaufträge unterstützt durch Symbole
- mediale Vielfalt
- ritualisierte Handlungsformen
- Verknüpfung von Leselektüre und fächerübergreifenden Materialien

Die von uns angestrebte Förderung von Eigenverantwortung und Selbstständigkeit findet im Rahmen zweier Lernwerkstätten zur Lektüre „Der Feuerteufel – Ein Abenteuer mit der Kirchbergbande" statt. Viel Spaß beim Lesen, Lernen und Unterrichten mit den fächerübergreifenden und lektürebegleitenden Materialien wünschen Ihnen

Viel Spaß beim Lesen, Lernen und Unterrichten mit den fächerübergreifenden und lektürebegleitenden Materialien zu „Der Feuerteufel" wünschen Ihnen

L. Vach B. Lehtmets

Liane Vach und Beatrix Lehtmets

1.1. Zum Konzept

Das Thema „Feuer“ übt auf Kinder im Grundschulalter eine besondere Faszination aus. Darin liegt die Chance, diesen vielperspektivischen Lernbereich zum Erwerb von Sicherheit im Umgang mit Feuer und naturwissenschaftlichen Kompetenzen zu verbinden (vgl. Landwehr 2016). Die Lektüre „Der Feuerteufel“, eine spannende Geschichte über Feuer, Verantwortung und echte Detektivarbeit, in Verbindung mit diesem Begleitmaterial leistet genau das.

„Der Feuerteufel“ eignet sich als Klassenlektüre im dritten Schuljahr. Der Textumfang von 54 Seiten ist überschaubar und ermöglicht auch leseschwachen Kindern ein eigenständiges Arbeiten. Zahlreiche großformatige Illustrationen lockern den Text auf und unterstützen das Leseverständnis. Mit Ciara, Ella, Alex und Manni bietet das Buch sowohl für Jungen als auch für Mädchen sympathische Identifikationsfiguren. Insbesondere auch Kinder mit Beeinträchtigungen fühlen sich durch Mannis und Rudis Behinderung angesprochen. Inklusion ist in allen Schulen ein aktuelles Thema. In dieser Lektüre wird dem „Anderssein“ des Jungen mit viel Verständnis begegnet. Die Kinder lernen beim Lesen und Arbeiten mit den lektürebegleitenden Materialien einen freundschaftlichen und empathischen Umgang mit Beeinträchtigungen kennen. Das Begleitmaterial umfasst alle Aufgaben für insgesamt 14 Stationen, die sich um den inhaltlichen Rahmen des Buches ranken. „Der Feuerteufel – Ein Abenteuer mit der Kirchbergbande“ bildet damit eine wesentliche Voraussetzung für die Arbeit mit den Begleitmaterialien.

Besonders wichtig ist uns das Training unterschiedlicher Methoden. Die Kinder lernen ihre Lernpersönlichkeit kennen und können ihre Lernkompetenz steigern. Doch Brandschutzerziehung funktioniert nicht ohne klare Regeln. Das entdeckende Lernen und Experimentieren in Partner- und Gruppenarbeit sowie kommunikative Methoden und verschiedene Präsentationsformen schaffen den Kindern einen individuellen Zugang zum Lerngegenstand. Lernen gelingt besser in der Vielfalt des „Mischwaldes“ als in der „Monokultur“ (vgl. Huber/Hader-Popp/Schneider 2014).

1.2. Die Stationsarbeit

Die beiden Stationenläufe in diesem Heft verbinden den fächerübergreifenden Aspekt mit dem weiterführenden Lesen einer kindgerechten Lektüre. Das Anbahnen von selbstgesteuertem Lernen und eine konsequente Differenzierung ermöglichen individuelle Lernprozesse. Alle Kinder beschäftigen sich mit demselben Lesestoff und dem dazugehörigen Lernangebot rund ums Thema „Feuer“. Die Materialien regen zum gemeinsamen Austausch an, unterstützen das individuelle Textverständnis und fördern das eigenständige Lernen (vgl. Rathgeb-Schnierer/Feindt 2014).

Die Lernangebote der fächerübergreifenden Materialien kombinieren hauptsächlich die Fächer Deutsch und Sachunterricht. Die Stationsarbeit im Lernbereich Deutsch ist als Lesetagebuch aufgebaut. Im eigenen Tempo finden die Kinder einen Zugang zur Lektüre und bearbeiten die Stationsmaterialien schriftlich. Das Lesetagebuch begleitet die Gedanken und Erlebnisse der Kinder beim Lesen und regt zum Austausch über die Inhalte an. Eine chronologische Arbeitsweise an den Stationen ist sinnvoll. Stationskarten werden daher nicht benötigt. Eine den Buchkapiteln folgende Bearbeitung der Stationsmaterialien im Sachunterricht ist nicht erforderlich. Die Erarbeitung der inhaltlichen Grundvoraussetzungen, wie zum Beispiel das Entzünden eines Streichholzes, findet vor der eigenständigen Arbeit an den Stationen im Klassenverband statt. Für das projektorientierte, differenzierte Arbeiten an den fächerübergreifenden Materialien zu der Lektüre „Der Feuerteufel“ sollten Sie einen Unterrichtszeitraum von sechs bis sieben Wochen einplanen.

! Tipps

Als Einstieg in das Thema „Feuer“ bietet sich ein Rätsel an. Spielen sie den Kindern das Knistern, Flackern und Zischen des Feuers und das Anzünden eines Streichholzes als akustische Höraufträge vor und lassen sie sie von ihren Assoziationen berichten. Das Feuerrätsel stimmt die Kinder in spannender Weise auf das Thema ein und gibt ihnen die Möglichkeit, von ihren eigenen Erfahrungen mit Feuer zu erzählen.

Im Anschluss demonstrieren Sie das Anzünden eines Streichholzes auf einer feuerfesten Unterlage. Kinder können gut nachahmen. Sie lieben Überraschungen und können beobachten, wie aus einem unbedeutenden Hölzchen eine leuchtende Flamme wird. Mit Feuer lassen sich spannende Effekte erzeugen (vgl. Landwehr 2016). Nutzen Sie diese Anfangseuphorie, um Ängste abzubauen. Jedes Kind sollte ein Streichholz erfolgreich unter Ihrer Aufsicht entzünden.

Nun wird es Zeit, die Kinder und die Hunde der Kirchbergbande vorzustellen. Ein Bildimpuls am Whiteboard oder großformatig in der Kreismitte regt zu spontanen Äußerungen, Personenbeschreibungen oder Vermutungen an. Den Abschluss dieser Einstiegsstunde bildet das Mottolied „Wir sind die Kirchbergbande". Ob a cappella, mit einfachen Gitarrengriffen begleitet oder mit Playback singen die Kinder die eingängige und mitreißende Melodie schnell mit.

Regen Sie Ihre Schülerinnen und Schüler an, Bilder, Geschichten, Bücher, Prospekte und Zeitungsausschnitte zum Thema „Feuer" zu sammeln. Auch Ausrüstungsgegenstände eines Feuerwehrmannes sind willkommen. Die Kinderfantasie ist die beste Quelle für einen großen Materialpool. Bilder zum Ausschneiden und Aufkleben sind schöne Impulse zum freien Schreiben und zum Erzählen. Ermöglichen Sie den Kindern einen Einstieg in das Thema, der individuelle Vorgehensweisen auf unterschiedlichem Niveau zulässt und einen weiteren Austausch anregt (vgl. Rathgeb-Schnierer/Feindt 2014).

1.2.1. Organisation

Bereits vor dem Lesen des ersten Kapitels der Lektüre stellen die Kinder Vermutungen zum Buchinhalt aufgrund des Titels an (Station 3), gestalten ein eigenes Cover (Station 1) und sammeln Informationen zur Autorin (Station 2). Daraufhin lesen sie selbstständig, mit Partnerkindern oder im Klassenverband und bearbeiten die weiteren Aufgaben im Lesetagebuch. Zu diesem Zeitpunkt ist der Lese- und Schreiblehrgang der Kinder in der Regel schon abgeschlossen und sie verfügen über grundlegende Kompetenzen in diesen Bereichen. Doch auch die inklusiv beschulten Kinder mit „Förderbedarf Lernen" sollen die Möglichkeit erhalten, eigenständig mit den Materialien zu arbeiten. Demzufolge müssen die Arbeitsanweisungen symbolisch eindeutig sein. Die Kinder lernen im Laufe der Zeit, sich die Aufgabenstellungen möglichst selbstständig zu erschließen. Daher werden folgende einheitliche Piktogramme verwendet.

 Partnerarbeit

 malen

 ankreuzen

 lesen

 einkreisen

 schreiben

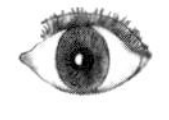 kontrollieren/vergleichen

 handeln/experimentieren

 genauer betrachen

 Overheadprojektor

 Whiteboard

 singen

 markieren

 Gelerntes berichten

 QR-Code einscannen

Baldmöglichst werden die Kinder damit konfrontiert, ihre Arbeitsmaterialien aus drei Niveaustufen auszuwählen:

 niedrigere Anforderung

 mittlere Anforderung

 anspruchsvollere Anforderung

Diese drei geometrischen Symbole sind wertfrei und neutral. Viele Kinder lernen mithilfe dieser Differenzierung in kurzer Zeit, ihre eigenen Fähigkeiten selbst einzuschätzen und sich dem für sie passenden Lernangebot erfolgreich zu widmen. Einige Lernangebote sind bewusst offen gestaltet, um eine natürliche Differenzierung zu gewährleisten. Gewiss ist die angestrebte Selbsteinschätzung nicht gleich bei jedem Kind umsetzbar, doch im Rahmen des prozessorientierten Lernens ein erreichbares und angestrebtes, mittelfristiges Ziel. Auch über die Sozialform können die Kinder meistens selbst entscheiden. Die fächerübergreifenden Stationsangebote sollten die Kinder möglichst selbstständig erledigen. Viele der Aufgaben sind in Einzel-, Partner- und Gruppenarbeit durchführbar. Die Stationen am Whiteboard eignen sich erfahrungsgemäß besonders für die Partner- und Gruppenarbeit und dienen der Erarbeitung von Gemeinschaftsaktionen, wie zum Beispiel dem Singen des Titelsongs. Die Differenzierung der Whiteboardstationen erfolgt über heterogene Kleingrup-

pen, in der sich die Kinder gegenseitig unterstützen können. Sollten Sie über kein interaktives Whiteboard verfügen, stehen Ihnen die PDF-Dateien der einzelnen Whiteboardmaterialien zur Verfügung. Am OHP können die Kinder mühelos die entsprechende Station erledigen.

Sicherlich ist es sinnvoll, die Arbeit an Stationen sukzessive einzuführen und in überschaubaren Strukturen ablaufen zu lassen. Ritualisierte Handlungsabläufe geben Sicherheit und lassen Spielräume zu. Hierzu gehört in jedem Fall eine gemeinsame Einführung in die Stationsarbeiten, in der unter anderem die Bedeutung der Piktogramme erläutert wird.

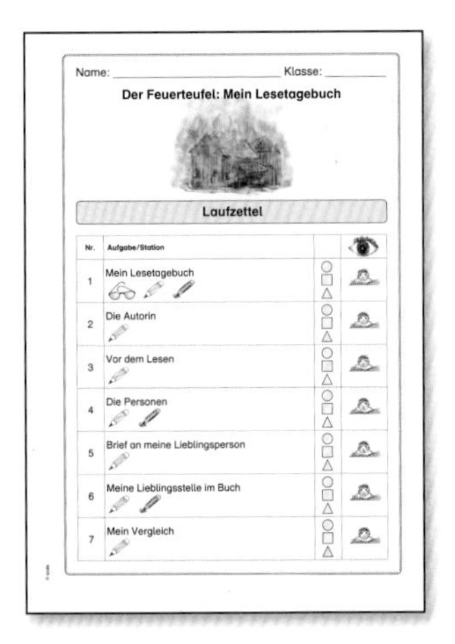

Name: ______ Klasse: ______

Der Feuerteufel: Mein Lesetagebuch

Laufzettel

Nr.	Aufgabe/Station		
1	Mein Lesetagebuch		
2	Die Autorin		
3	Vor dem Lesen		
4	Die Personen		
5	Brief an meine Lieblingsperson		
6	Meine Lieblingsstelle im Buch		
7	Mein Vergleich		

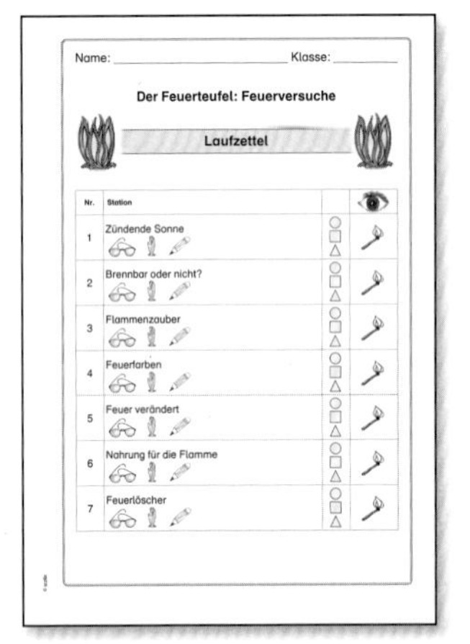

Name: ______ Klasse: ______

Der Feuerteufel: Feuerversuche

Laufzettel

Nr.	Station		
1	Zündende Sonne		
2	Brennbar oder nicht?		
3	Flammenzauber		
4	Feuerfarben		
5	Feuer verändert		
6	Nahrung für die Flamme		
7	Feuerlöscher		

1.2.2. Die Laufzettel

Die Laufzettel dienen den Kindern als organisatorischer Rahmen und sind ein wesentliches Medium zur Dokumentation des Erlernten. Die äußere Form ist übersichtlich und stets gleich angelegt. Als Alternative wäre auch ein großer Laufzettel für die ganze Klasse denkbar.

Zu Beginn der Stationsarbeiten tragen die Kinder ihren Namen und ihre Klasse auf den jeweiligen Laufzettel in Deutsch und Sachunterricht ein. Die Illustrationen oberhalb des Laufzettels bilden inhaltlich und optisch eine Verbindung zum Thema der Lektüre. Im nächsten Schritt heften die Kinder die Laufzettel in ihre Stationsmappe Deutsch bzw. Sachunterricht, in der später auch alle anderen Arbeitsmaterialien zur entsprechenden Stationsarbeit gesammelt werden. Während der Arbeit an den sieben Stationen kennzeichnen die Schülerinnen und Schüler die erledigten Aufgaben selbstständig auf dem Laufzettel, indem sie das Symbol in der rechten Spalte hinter jeder Aufgabe ausmalen. Die Aufgaben gelten erst als fertig bearbeitet, wenn durch das Kind eine Selbstkontrolle an entsprechender Stelle vorgenommen wurde. Zu diesem Zweck haben wir eine zusätzliche Kontrollspalte eingefügt.

Einige Kinder benötigen zudem noch die Rückmeldung der Lehrkraft. Hier ist es ratsam, nicht direkt den Rotstift zu zücken, sondern gemeinsam mit dem Kind auf „Spurensuche" zu gehen. Die Selbstkontrolle ist ein wesentlicher Aspekt des selbstgesteuerten Lernens. Ihre konsequente Einbindung in den Unterricht bewirkt eine Übung und Festigung des selbstständigen Handelns.

1.2.3. Inhaltliche Aspekte der Kapitel

„Lachen und toben, schnuppern im Sande, das ist die Kirchbergbande." Wie im Liedtext zum Buch beschrieben, bleiben Ciara, Ella, Alex und Manni sogar am Ball, als ein Feuerteufel auf dem Kirchberg sein Unwesen treibt. Mit guter Zusammenarbeit und echter Detektivarbeit lösen sie auch diesen Fall. Egal, ob fremd oder einsam, diese Kinder forschen immer gemeinsam.

Kapitel 1: Ferien auf dem Kirchberg

Im ersten Kapitel der Lektüre verbringen Ciara, Ella, Alex und Manni die Sommerferien auf dem Kirchberg. Doch plötzlich schnuppert Lady Qualm. Die Böschung brennt und die Kinder löschen das Feuer, bevor es sich ausbreiten kann.

Kapitel 2: Besuch bei der Feuerwehr

Die Kinder der Kirchbergbande nehmen gemeinsam am Ferienprogramm der Feuerwehr teil. Liebevoll teilen Ciara, Ella und Alex dem beeinträchtigten Manni geeignete Aufgaben zu. Durch gute Zusammenarbeit gewinnen sie den Löschwettbewerb.

Kapitel 3: Schreck um Mitternacht

Während die Feuerwehrleute einen Ball feiern, weckt eine Sirene die schlafenden Kinder im Zelt. Ein großer Haufen Strohballen brennt auf dem abgeernteten Getreidefeld. Fachmännisch löscht ein Jugendlicher das Feuer.

Kapitel 4: Detektive im Einsatz

Interessiert verfolgt die Kirchbergbande die Arbeit der Polizei. Einige Spuren können am Brandort gesichert

werden. Doch die Kinder nehmen ihre eigenen Ermittlungen auf.

Kapitel 5: Auf heißer Spur

Schon in der darauffolgenden Nacht schlägt der Feuerteufel wieder zu. Eine große Scheune steht in Flammen. Ciara, Ella, Manni, Alex und Lady beobachten die Löscharbeiten und einen Verdächtigen.

Kapitel 6: Der Verdacht

Die selbst ernannten Detektive beginnen mit der Spurensuche in Tatortnähe der letzten Nacht. Als sie verdächtige Hinweise auf einen Nachbarn finden, schmieden sie einen Plan.

Kapitel 7: Dem Feuerteufel dicht auf den Fersen

Gut ausgerüstet beschatten die jungen Detektive den Verdächtigen. Als eine weitere Scheune in Flammen aufgeht, sind sie dem Feuerteufel dicht auf den Fersen. Doch erst müssen sie Oma Brenner vor dem Feuer retten. Am Ende dieser spannenden Feuergeschichte mit der Kirchbergbande wird der Brandstifter verhaftet und die Kirchberger Gemeinde kann wieder beruhigt schlafen.

1.2.4. Reflexion

In der Schlussphase jeder Stationsarbeitsstunde treffen sich alle Kinder im Sitzkreis, um stolz von Entdeckungen zu berichten, Erklärungen zu finden oder auch Kritik zu üben und Vorschläge zu machen. Gerade im Hinblick auf ein prozessorientiertes Lernen ist ein reflektierender Blick auf die Arbeitsphase wichtig. Im Laufe der Zeit lernen die Kinder der dritten Klasse, sich über ihre Lernprozesse sachlich auszutauschen und ihr Wissen zu teilen. Sehr gerne präsentieren einige Kinder in dieser Runde ihre Forschungsergebnisse. An dieser Stelle hat sich die Abbildung unseres „Schlaufuchses" Bernd als stummer Bildimpuls bewährt. Auf farbige Pappe kopiert und laminiert, hält er bis zum Ende der Grundschuljahre. Wird Bernd nicht gebraucht, hängt er an der Lernthekenpinnwand neben dem vergrößerten Reim. Einzeln nehmen sich die Kinder in der Reflexionsphase das Bild vom Schlaufuchs und berichten, was sie während der heutigen Stationsarbeit gelernt haben.

Der Fokus wird noch einmal auf die geleistete Arbeit gelenkt und es wird ein Ausblick auf die folgende Arbeit gegeben.

In diesem Gremium dürfen die Kinder ihre Meinung zu den Lernmaterialien äußern. Das Reflektieren und Kommunizieren wird angebahnt und unterstützt das eigenverantwortliche Lernen (vgl. Bräuer/Keller/Winter, 2012). Den Abschluss der Reflexionsphase bildet das gemeinsame rhythmische Sprechen des Schlaufuchsreimes. Eine Vorlage vom Schlaufuchs Bernd mit dem Reim finden Sie in den Downloadmaterialien.

In der folgenden Tabelle (Seite 10–11) finden Sie ausführliche Hinweise zu den Inhalten aller Stationen, den Zuweisungen zu den Kompetenzen, den benötigten Materialien und Medien sowie zahlreiche Tipps zur Durchführung.

Unser Schlaufuchs, der heißt Bernd,
er hat heute viel gelernt.
Aufgepasst und mitgemacht,
hat der Schlaufuchs sich gedacht.

1.2.4. Stationen – Inhalte – Kompetenzen

Station	Thema, Förderschwerpunkt	Aktivitäten und Kompetenzen	Materialien/Medien und Alternativen	Tipps
	Deutsch: Lesetagebuch	Alle Aufgaben sind dreifach differenziert.		
1	**Mein Lesetagebuch**	• Fachbegriffe kennenlernen • dem Cover und Impressum grundlegende Informationen über das Buch lesend entnehmen und auf dem Deckblatt des Lesetagebuches notieren • ein eigenes Titelbild zeichnen • Selbstkontrolle	• KV Stationsblatt • Buch • KV „Mein Lesetagebuch“ • Markierstift • KV Kontrolle	Unklare Begriffe können vor dem Bearbeiten von den Kindern markiert werden, um sie anschließend im gemeinsamen Gespräch zu erklären. Ein Wortspeicher (Tafelbild) hilft den schwächeren Kindern, sich die Wortbedeutung während der Arbeitsphase ins Gedächtnis zu rufen.
2	**Die Autorin**	• Fachbegriffe kennenlernen • dem Impressum Informationen über die Autorin entnehmen und in Stichworten notieren • Selbstkontrolle	• KV Stationsblatt • Buch • KV „Die Autorin“ • Markierstift • KV Kontrolle	
3	**Vor dem Lesen**	• Erwartungen an Inhalt und Verlauf der Geschichte in Stichworten notieren • Kontrollblatt dient als Tippseite	• KV Stationsblatt • KV Kontrolle bzw. Tippseite	Lernschwächere Kinder profitieren von den Tipps auf der Tippseite. Um vielfältige Erwartungen zu erhalten, sollte auf ein Unterrichtsgespräch im Vorfeld verzichtet werden. Die Kinder könnten sich sonst zu sehr an den Äußerungen anderer orientieren. In der Ergebnissicherung haben alle Kinder die Möglichkeit, ihre Erwartungen öffentlich zu formulieren.
4	**Die Personen**	• die Personen der Geschichte nach und nach zeichnerisch darstellen und die entsprechenden Namen notieren • Selbstkontrolle	• KV Stationsblatt • Buch • KV „Die Personen“ • KV Kontrolle	Diese Aufgabe sollten die Kinder buchbegleitend bearbeiten.

Station	Thema, Förderschwerpunkt	Aktivitäten und Kompetenzen	Materialien/Medien und Alternativen	Tipps
	Deutsch: Lesetagebuch	Alle Aufgaben sind dreifach differenziert.		
5	**Brief an meine Lieblingsperson**	• einen Brief an die Lieblingsfigur der Geschichte schreiben und dabei grundlegende formale Kriterien für das Schreiben eines Briefes beachten • Schreibkompetenz erweitern • Tippseite dient der Selbstkontrolle	• Kopiervorlage • Tippseite	Ein gut sichtbarer Wortspeicher in Plakatform, auf dem die formalen Kriterien für das Schreiben eines Briefes und Beschriften eines Briefumschlages ersichtlich sind, ist auch bei dieser Station sinnvoll. Gerade lernschwächere Kinder benötigen häufig noch eine Erinnerung in Form einer visuellen Hilfe. Bewährt haben sich zudem kleine Erinnerungshilfen in Tabellenform. Die können mit Klebeband auf die Tische geklebt werden und sind während des Schreibprozesses verfügbar.
6	**Meine Lieblingsstelle im Buch**	• die Lieblingsstelle aus der Geschichte zeichnen und die Handlung mit eigenen Sätzen aufschreiben • Schreibkompetenz erweitern	• KV Stationsblatt • KV „Meine Lieblingsstelle im Buch“ • Buntstifte	
7	**Mein Vergleich**	• eine Figur aus dem Buch benennen, mit der man gerne befreundet sein würde • Gemeinsamkeiten und Unterschiede zwischen eigener Person und dieser Figur benennen und stichpunktartig notieren	• KV Stationsblatt • KV „Mein Vergleich“	In der Erarbeitungsphase sollten sich die Kinder in einer realen Situation mit dem Thema „Gemeinsamkeiten und Unterschiede“ auseinandersetzen, unabhängig davon, ob eine Freundschaft besteht oder nicht. Exemplarisch können zwei Kinder der Klasse (oder zwei fiktive Figuren in Form von Handpuppen) Gemeinsamkeiten und Unterschiede feststellen, die anschließend in eine Tafeltabelle eingetragen werden. Danach führen alle Kinder diese Übung zu zweit durch und notieren ihre Ergebnisse auf einer selbst erstellten Tabelle gemäß der Kopiervorlage.

	Zusatzmaterialien Deutsch			
Z 1	Bewertungskriterien zum Lesetagebuch	• Vorlage für die Lehrkraft	• KV Bewertungskriterien zum Lesetagebuch	Die Bewertungskriterien wurden für die Hand der Lernbegleitung konzipiert. Um die Bewertungsarbeit so transparent wie möglich zu gestalten, eignet sich diese Rückmeldung ebenfalls als Schülermaterial. So können die Kinder bereits während der Arbeit am Lesetagebuch kontrollieren, ob sie alle Kriterien erfüllt haben. Hier ein möglicher Notenschlüssel: Note 1: 29–28 P. Note 2: 27–25 P. Note 3: 24–20 P. Note 4: 19–15 P. Note 5: 14–7 P. Note 6: 6–0 P.
Z 2	Deine Meinung zum Buch	• die eigene Meinung äußern • Vorteile und Nachteile benennen • die eigene Meinung begründen • eine Empfehlung schreiben • Schreibkompetenz erweitern	• KV „Deine Meinung zum Buch“	Wir freuen uns über Rückmeldungen! Wenden Sie sich dafür gern an den scolix-Verlag.
Z 3	Lesespaziergang: Auf heißer Spur	• Leseverständnis trainieren • mit digitalen Medien umgehen	• KV „Lesespaziergang: Hinweise für die Lehrkraft“ • KV „Lesespaziergang: Auf heißer Spur“ • KV „Lesespaziergang: Auf heißer Spur – QR-Codes“ • KVs „Lesespaziergang: Auf heißer Spur – Station 1–5“ (differenzierte Lesetexte) • Tablets mit Internetverbindung	Wörter mit mehr als zwei Silben stehen beim Kreis-Niveaus in Silbenschrift. Weitere wertvolle Informationen erhalten Sie auf der KV „Lesespaziergang: Hinweise für die Lehrkraft“ und in den didaktisch-methodischen Anmerkungen.
Z 4	Wir sind die Kirchbergbande (Titelsong)	• Mottolied • gemeinsam singen	• KV „Wir sind die Kirchbergbande (Titelsong)“	Das Playback zum Titelsong (.mp3) befindet sich in den Downloadmaterialien.

	Zusatzmaterialien Deutsch			
Z 5	Feuerteufel-Quiz	• Leseverständnis spielerisch üben	• Das Feuerteufel-Quiz (.h5p) • Tablet oder PC mit installiertem Player	Für das Quiz muss je nach Betreibssystem folgender Player installiert werden: • https://www.persen.de/player_interaktive_uebungen_macos • https://www.persen.de/player_interaktive_uebungen_windows Die Lektüre kann zur Kontrolle benutzt werden. Das Quiz lässt sich gut in Partnerarbeit bearbeiten, um leseschwache Kinder zu unterstützen.

Station	Thema, Förderschwerpunkt	Aktivitäten und Kompetenzen	Materialien/Medien und Alternativen	Tipps
	Sachunterricht: Feuerversuche	Folgende Aktivitäten und Kompetenzen gelten für alle sieben Stationen: • Feuerversuche unter Einhaltung von Sicherheitsregeln durchführen • Versuchsabläufe beobachten • Ergebnisse beschreiben und dokumentieren • eigene Erklärungen zu den Ergebnissen finden und mit den Erklärungen auf den Kontrollkarten vergleichen • physikalische und chemische Gesetzmäßigkeiten entdecken • Sachwissen erwerben und festigen		
1	Zündende Sonne	• mithilfe von Sonnenlicht, einer Lupe und brennbarem Material ein Feuer entzünden	**Für alle Versuche:** • KVs zu den Feuerversuchen • Materialien gemäß der KVs • Kontrollseiten	Dieser Versuch sollte an einer geeigneten Stelle auf dem Schulhof durchgeführt werden. Bewährt hat sich die „Assistenz“ einer Begleitperson (Elternteil, pädagogisch Mitarbeitende oder ältere Schülerin / älterer Schüler). Informieren Sie vorher die Hausmeisterin / den Hausmeister und die Schulleitung!
2	Brennbar oder nicht?	• die Brennbarkeit von unterschiedlichen Materialien beobachten und erkennen		Halten Sie in einem Behälter weitere Materialproben bereit, die die Kinder, die bereits fertig sind, auf ihre Brennbarkeit hin überprüfen können. Diese Ergebnisse lassen sich sehr gut auf der Rückseite der Kopiervorlage dokumentieren. Achten Sie auf eine gute Belüftung des Raumes. Bei regenfreiem Wetter lässt sich dieses Experiment gut im Freien durchführen.
3	Flammenzauber	• beobachten und erkennen, dass Wachs nur im gasförmigen Zustand brennt		
4	Feuerfarben	• die verschiedenen Farben einer Flamme beobachten und erkennen • die Entstehung von Ruß beobachten und erkennen		

Station	Thema, Förderschwerpunkt	Aktivitäten und Kompetenzen	Materialien/Medien und Alternativen	Tipps
5	Feuer verändert	• den Schmelzprozess von kristallinem Zucker beobachten und erkennen		Die Erkenntnisse aus diesem Veruch lassen sich hervorragend in der Küche einsetzen:
6	Nahrung für die Flamme	• erkennen, dass die Zufuhr von Sauerstoff nötig ist, um eine Flamme zu entzünden und brennen zu lassen • die Menge der Sauerstoffzufuhr mit dem Grad des Brennens in Verbindung bringen		
7	Feuerlöscher	• einen Schaumlöscher (Backpulver, Spülmittel) herstellen • eine Flamme mithilfe dieses Feuerlöschers löschen		

Tante Bettis Karamellen

Zutaten:
200 g Zucker
175 ml Sahne
230 g Butter

Anleitung: Ein Backblech mit Backpapier auslegen. Zucker in einer Pfanne bei mittlerer Hitze goldbraun karamellisieren. Nun Butter und Sahne hinzufügen und alles so lange köcheln lassen, bis die Masse hellbraun ist. Dabei muss mit dem Kochlöffel immer gut umgerührt werden. Jetzt wird die Masse auf des Backblech gegossen. Bevor die Karamellmasse ganz hart wird, sollte sie in Stücke geschnitten werden. Hmm! Lecker!

Station	Thema, Förderschwerpunkt	Aktivitäten und Kompetenzen	Materialien/Medien und Alternativen	Tipps
	Zusatzmaterialien Sachunterricht			
Z 1	Sicherheitsregeln beim Experimentieren mit Feuer	• Experimente sicher durchführen	• KV „Sicherheitsregeln beim Experimentieren mit Feuer“	Die Sicherheitsregeln und der Leitfaden zur Durchführung der Experimente sollten in der Sachunterrichtsmappe abgeheftet werden. Vergrößert werden sie gut sichtbar im „Versuchslabor“ aufgehängt. Empfehlenswert ist die exemplarische Durchführung eines gemeinsamen Experiments unter Benutzung des Leitfadens und der Sicherheitsregeln. Spannen Sie eine rote Leine im Klassenraum und schreiben die einzelnen Aufträge gut sichtbar auf Karten. Auf diese Weise dokumentieren Sie während des Probeversuches die einzelnen Arbeitsschritte. Nach jedem Arbeitsschritt hängt ein Kind die entsprechende Karte an den „roten Faden“. Jugendbeauftragte der örtlichen Feuerwehren kommen erfahrungsgemäß gerne in die Schulen, um Aufklärungsarbeit zu leisten und auch bei der Durchführung und Beaufsichtigung der Feuerversuche mit Rat und Tat zu unterstützen.
Z 2	So führe ich Experimente durch!	• den Leitfaden zum Ablauf der Versuche lesen und die Experimente nach diesem Muster durchführen	• KV „So führe ich Experimente durch!“	
Z 3	Die Aufgaben der Feuerwehr	• einen Sachtext sinnentnehmend verstehen • wichtige Informationen stichwortartig im Text markieren • sich in der Gruppe auf wesentliche Informationen einigen und der ganzen Klasse vortragen	• Kopiervorlage	Bei der Gruppenarbeit hat sich die Verteilung von Gruppendiensten bewährt. • Gruppenleitende moderieren die Redebeiträge und tragen die Arbeitsergebnisse vor. • Schriftführende notieren die Ergebnisse, auf die sich geeinigt wurde. • Zeitwächter/innen erinnern an eine zügige Bearbeitung und haben die Uhrzeit im Fokus. • Leisewächter/innen achten auf eine ruhige Arbeitsatmosphäre. Beschriftete oder bebilderte Aufgabenkarten erinnern die Kinder an ihre Dienste während der Gruppenarbeit.
Z 4	Bewertungskriterien: Feuerversuche	• Material für die Lehrkraft	• KV „Bewertungskriterien: Feuerversuche“	

Station	Thema, Förderschwerpunkt	Aktivitäten und Kompetenzen	Materialien/Medien und Alternativen	Tipps
	Zusatzmaterialien Sachunterricht			
Z 5	Das Feuerdreieck	• Bedingungen darstellen, die für die Entstehung von Feuer notwendig sind • Maßnahmen für das Löschen des Brandes zuordnen	• KV „Das Feuerdreieck“ • Whiteboarddatei (siehe WB 2) • interaktives Whiteboard	Drucken Sie das Bild des Feuerdreiecks in Farbe aus, vergrößern und laminieren Sie es. Anschließend können die einzelnen Teile auseinandergeschnitten werden. Während der Erarbeitung fügen die Kinder die Teile wieder zusammen. Die Bedingungen für das Gelingen eines Feuers werden auf diese Art und Weise visualisiert. Das Feuerdreieck kann auch auf dem interaktiven Whiteboard wieder zusammengepuzzelt werden.
Whiteboard Zusatzmaterialien				
WB 1	Feuerteufel-Klick	• Schlüsselszenen im Buch durch Anklicken möglichst schnell erkennen • Akteurinnen/Akteure und Szenen benennen und beschreiben	white-board	Nehmen Sie die aufgedeckten Bilder zum Anlass, mit den Kindern bestimmte Szenen im Buch genauer zu betrachten, nachzulesen oder zusammenzufassen. Haben Sie kein interaktives Whiteboard zur Verfügung, erstellen Sie eine Folie von der Bilddatei und vergrößern Sie die Folie am OHP. Entfernen Sie nun die aufgelegten Pappstücke und das Quiz kann beginnen.
WB 2	Das Feuerdreieck	• siehe Z 5		
WB 3	Die Ausrüstung von Feuerwehrleuten	• Bestandteile der Ausrüstung eines Feuerwehrmenschen zuordnen (Wort-Bild-Zuordnung)		

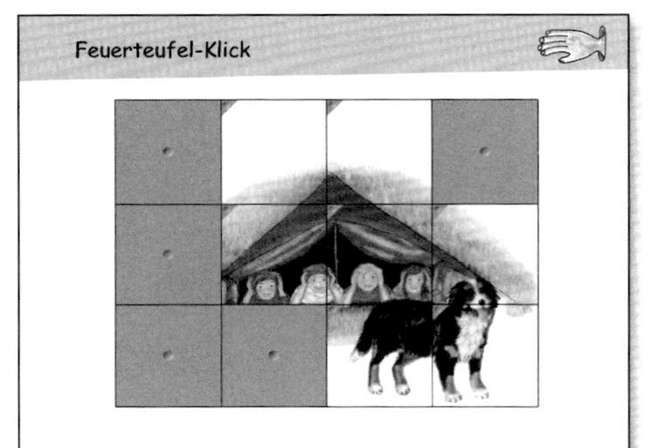

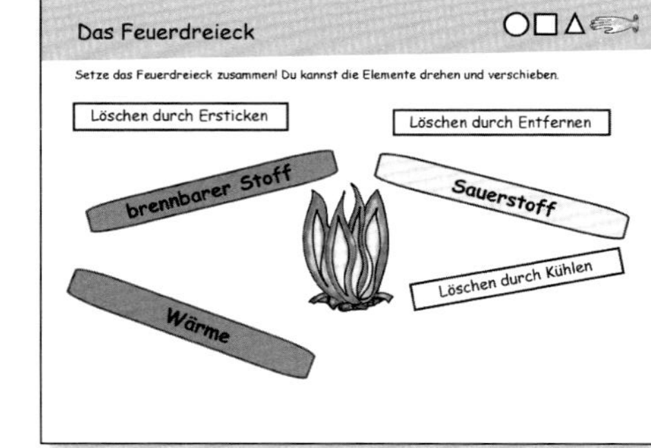

1.3. Einsatz von Materialien und Medien

„Medienkompetenz ist […] eine Schlüsselqualifikation unserer Gesellschaft.“ (Niedersächsisches Kultusministerium, Seite 14, 2017) Deshalb ist die Förderung dieser Kompetenz durch den bewussten Einsatz unterschiedlicher Medien im Unterricht erforderlich. Nutzen Sie auch das Potenzial digitaler Medien. Profitieren Sie von der zunehmenden Digitalisierung im Alltag der Kinder und setzen Sie zeitgemäße Medien zielgerichtet im Unterricht ein (vgl. Landwehr, Seite 2, 2014). Dazu gehören: interaktives Whiteboard, Computer, Tablets, Musikanlagen, Tafeln, eine Lerntheke für aktuelle Materialien, zum Beispiel Bücher, Zeitschriften, Poster, Bildmaterialien, Spiele, Feuerwehrutensilien, Werkzeuge, Lupen, kleine Feuerwehrfahrzeuge und -spielfiguren usw. Das mediale Angebot sollte bewusst groß gehalten werden, denn der flexible Einsatz verschiedener Medien erhält und erhöht die Motivation. Außerdem werden die unterschiedlichen Lernbedürfnisse Ihrer Schülerinnen und Schüler abgedeckt. Als mediales Highlight finden Sie in den Zusatzmaterialien einen Lesespaziergang mit Tablets. Die Kinder scannen 3-fach differenzierte Lesetexte über QR-Codes ein und begeben sich als Lesedetektive auf die heiße Spur des Feuerteufels.

1.4. Schlussbemerkungen

Die fächerübergreifenden Stationsarbeiten zur Lektüre „Der Feuerteufel – Ein Abenteuer mit der Kirchbergbande“ sind eine ideale Fortsetzung zu der Reihe von Erste- und Zweite-Klasse-Projekten[1] und der Lektüre „Wo ist Welpe Rudi?“[2] mit der Kirchbergbande.

Gehen Sie weiterhin den Weg des differenzierten, entdeckenden und eigenverantwortlichen Lernens mit Ihren Kindern – es lohnt sich!

1.5. Literaturverzeichnis und Internetquellen

Bräuer, Gerd / Keller, Martin / Winter, Felix (Hrsg.): *Portfolio macht Schule: Unterrichts- und Schulentwicklung mit Portfolio.* Friedrich Verlag, Seelze 2012

Huber, Stephan G. / Hader-Popp, Sigrid / Schneider, Nadine: Qualität und Entwicklung von Schule, Beltz Verlag, Weinheim Basel 2014

Klippert, Heinz / Müller, Frank: *Methodenlernen in der Grundschule: Bausteine für den Unterricht.* 7. Aufl., Beltz Verlag, Weinheim und Basel 2012

Küntzel, Karolin: *Was braucht der Funke, um zu brennen?* Hase und Igel Verlag GmbH, München 2019

Landwehr, Brunhild: *Aktives Lernen mit Medien.* In: Grundschule Sachunterricht. *Medien nutzen und hinterfragen*, Nr. 63, Friedrich Verlag, Seelze 2014

Landwehr, Brunhild: *Feuer im Sachunterricht.* In: Grundschule Sachunterricht. *Feuer*, Nr. 72, Friedrich Verlag, Seelze 2016

Lange, Gabriele: *Feuer und Flamme – Experimente und Informationen rund um die Kerze.* Verfügbar unter: https://www.didaktik.chemie.uni-rostock.de/storages/uni-rostock/Alle_MNF/Chemie_Didaktik/Forschung/Sekundarstufe_I/6._Feuer_und_Flamme.pdf

Niedersächsisches Kultusministerium (Hrsg.): *Kerncurriculum für die Grundschule, Schuljahrgänge 1–4, Sachunterricht.* Hannover 2017

Rathgeb-Schnierer, Elisabeth / Feindt, Andreas: 24 Aufgaben für 24 Kinder oder eine Aufgabe für alle? Aus: Die Grundschulzeitschrift, Heft 271, Friedrich Verlag, Seelze 2014

[1] Alle „Erste-Klasse-Projekte“ („Mein Schulbeginn“, „Der Igel“, „Der Regenwurm“, „Weihnachten“, „Das Wetter“, „Ostern“, „Die Biene“, „Das bin ich“, „Meine Zähne“, „MINT“, „Mein Haustier“) und „Zweite-Klasse-Projekte“ („Sicher im Verkehr“, „Das Jahr“) finden Sie beim scolix-Verlag unter www.scolix.de.

[2] Auch die Lektüre „Wo ist Welpe Rudi?“ mit fächerübergreifenden Begleitmaterialien finden Sie beim scolix-Verlag.

Name: ______________________ Klasse: ____________

Der Feuerteufel: Mein Lesetagebuch

Laufzettel

Nr.	Aufgabe/Station		
1	Mein Lesetagebuch	○ □ △	
2	Die Autorin	○ □ △	
3	Vor dem Lesen	○ □ △	
4	Die Personen	○ □ △	
5	Brief an meine Lieblingsperson	○ □ △	
6	Meine Lieblingsstelle im Buch	○ □ △	
7	Mein Vergleich	○ □ △	

Name: ______________________________ Klasse: ____________

Mein Lesetagebuch

Buchtitel: ______________________________

Untertitel: ______________________________

Autorin: ______________________________

Illustratorin: ______________________________

Verlag: ______________________________

Erscheinungsort: ______________________________

Erscheinungsjahr: ______________________________

Seitenzahl: ______________________________

Anzahl der Kapitel: ______________________________

Gestalte ein eigenes Cover zum Buch!

Die Autorin

Wer hat das Buch geschrieben?

Schreibe Stichpunkte über die Autorin auf. Nutze Informationen aus dem Impressum oder aus dem Internet.

Name der Autorin: ____________________

Das habe ich herausgefunden:

- ____________________
- ____________________
- ____________________
- ____________________
- ____________________
- ____________________
- ____________________
- ____________________
- ____________________

○ □ △

Vor dem Lesen

Du kennst bisher nur den Titel des Buches:

Der Feuerteufel
Ein Abenteuer mit der Kirchbergbande

Was erwartest du von dem Buch? Schreibe auf!

- ______________________________
- ______________________________
- ______________________________
- ______________________________
- ______________________________
- ______________________________
- ______________________________
- ______________________________
- ______________________________
- ______________________________

Die Personen

Welche Personen kommen am Anfang des Buches vor?

Male sie auf ○ und schreibe ihre Namen dazu. □

In den nächsten Kapiteln werden noch weitere Personen vorkommen. Male sie auf der nächsten Seite dazu. △

Die Personen

Brief an meine Lieblingsperson

Welche Person im Buch gefällt dir am besten? Schreibe einen Brief an deine Lieblingsfigur. ○

Was gefällt dir an dieser Person besonders gut? □

Kannst du ihr Tipps geben? △

Tippseite: Brief an meine Lieblingsperson

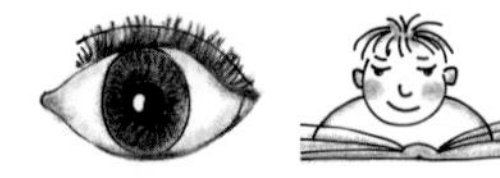

1. Ort und Datum
2. Freundliche Anrede mit Komma dahinter
3. Inhalt:
   - ich finde dich richtig toll!
   - Mir gefällt an dir, dass du …
   - An deiner Stelle würde ich …
   - Ich würde dich gerne persönlich kennenlernen.
4. Gruß
5. Name des Absenders

Beispiel:

1) Moringen, den 23.04.2022

2) Lieber Manni,

3) ich finde dich richtig toll! Du bist meine Lieblingsfigur im Buch. Mir gefällt an dir, dass du nicht traurig bist, weil du eine Beinprothese trägst. Du bist wirklich schlau und weißt eine Menge über die Feuerwehr. An deiner Stelle würde ich später Feuerwehrmann werden. Ich würde dich gerne persönlich kennenlernen. Dann könnte ich auch mit der Kirchbergbande zelten und auf Verbrecherjagd gehen.

4) Herzliche Grüße

5) dein Leon

Meine Lieblingsstelle im Buch

Male deine Lieblingsstelle aus dem Buch auf.

Schreibe auf, was an dieser Stelle passiert.

Mein Vergleich

Mit welcher Person im Buch wärst du gerne befreundet?
Begründe.

Schreibe in die Tabelle.

Das haben wir gemeinsam:	Das unterscheidet uns:

Name: ____________________

Klasse: __________ Datum: __________

Bewertungskriterien zum Lesetagebuch	**Punkte**	
1. Du hast das Deckblatt vollständig beschriftet (2 P) und ein eigenes Titelbild gezeichnet (1 P).	3	
2. Du hast bei der Autorenangabe den Namen (1 P) und zusätzliche Informationen notiert (2 P).	3	
3. Du hast vor dem Lesen beschrieben, was du von diesem Buch erwartest (3 P).	3	
4. Du hast alle Personen aus dem Buch aufgemalt (2 P) und mit Namen beschriftet (2 P).	4	
5. Du hast einen Brief an deine Lieblingsperson geschrieben (3 P) und ihr einen Tipp gegeben (1 P).	4	
6. Du hast deine Lieblingsstelle aufgemalt (1 P) und den passenden Inhalt aufgeschrieben (3 P).	4	
7. Du hast dich mit einer Person verglichen (3 P) und begründet, warum du mit ihr befreundet sein möchtest (1 P).	4	
8. Du hast dein Lesetagebuch ordentlich und gewissenhaft geführt (2 P).	2	
9. Du hast zu jedem Kapitel alle Fragen schriftlich beantwortet (2 P).	2	
Gesamtpunktzahl deines Lesetagebuchs: Note:	______ Punkte von 29 Punkten	

Bemerkungen: ____________________

Deine Meinung zum Buch

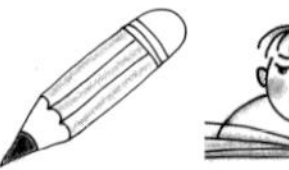

1. Wie hat dir das Buch „Der Feuerteufel“ gefallen? Kreuze an!

  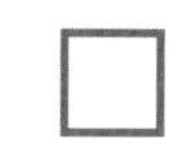

2. Was hat dir besonders gut an dem Buch gefallen?

____

____

____

3. Was hat dir an dem Buch nicht so gut gefallen?

____

____

____

4. Würdest du einem anderen Kind empfehlen, das Buch zu lesen? Begründe deine Meinung.

____

____

____

Herzlichen Dank für deine Rückmeldung!
Deine Meinung ist wichtig.

Lesespaziergang: Hinweise für die Lehrkraft

Ort: Klassenraum, Gruppenraum, Schulflur

Material: KV „Lesespaziergang: Auf heißer Spur“, Kopien der differenzierten Lesetexte oder QR-Codes und internetfähige Tablets, brauner Karton, Bild vom Brandstifter

Ziele/Kompetenzen:

- Lesemotivation steigern
- Lesestrategien zur Sinnentnahme anwenden
- Informationen aus Texten entnehmen
- logisches Denken fördern
- mit digitalen Medien arbeiten

Ablauf:

1. Die dreifach differenzierten, ausgedruckten Lesetexte *oder* QR-Codes werden in den Unterrichtsräumen aufgehängt.
2. Jedes Kind bekommt ein internetfähiges Tablet.
3. Die Kinder starten bei Station 1. Sie scannen mit der Kamera des Tablets einen der drei QR-Codes ein und öffnen so den Lesetext.
4. Die Kinder lesen den Text und entnehmen daraus Informationen.
5. Anschließend kennzeichnen sie die richtige Antwort zu dieser Station auf ihrem Arbeitsblatt und schreiben schrittweise den Lösungssatz auf.
6. Die Kinder durchlaufen die Stationen in chronologischer Reihenfolge und entdecken am Ziel das Bild des „Feuerteufels“.

Hinführungsgeschichte/Vorlesetext:

Ciara, Ella, Alex und Manni sind entsetzt. Obwohl sie Sommerferien haben, können sie keine Nacht ruhig schlafen, denn ein Brandstifter treibt sein Unwesen auf dem Kirchberg. Der Feuerteufel hinterlässt an jedem Brandort Spuren, doch bisher tappt die Polizei im Dunkeln. Werdet zu Lesedetektiven und helft den Kindern der Kirchbergbande. Eure „heiße“ Lesespur umfasst fünf Stationen, dann solltet ihr den Lösungssatz entschlüsselt haben, der euch direkt zum Feuerteufel führt.

Viel Spaß bei der Detektivarbeit!

Lösungssatz:
Ein Foto des Feuerteufels ist in einem braunen Karton unter dem Lehrertisch.

Lesespaziergang: Auf heißer Spur

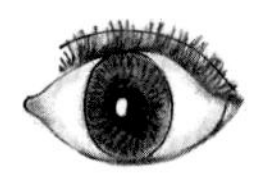

Werdet zu Lesedetektiven
und findet den Feuerteufel!

Station 1: Was finden die Kinder in der Böschung des Grabens?		
☐ Zigarettenschachtel	☐ Zigarettenstummel	☐ Streichhölzer
Der Täter	*Ein Foto*	*Der Brandstifter*
Station 2: Welche Spur verrät den Brandstifter auf dem Feld?		
☐ Reifenspur	☐ Ölspur	☐ Fußspur
des Feuerteufels	*ist ein*	*ist der alte*
Station 3: Was leuchtet in der Sonne am Feldrand?		
☐ Fahrrad	☐ Lampe	☐ Reflektor
Schocke mit	*alter Schurke*	*ist in einem*
Station 4: Wie heißt die Zigarettenmarke des Feuerteufels?		
☐ Dunst 23	☐ Rauch 22	☐ Qualm 21
braunen Karton	*mit einem*	*der Tätowierung*
Station 5: Was finden die Kinder in den Satteltaschen des Mofas?		
☐ Feuerwasser	☐ Feuerzeug	☐ Feuerlöscher
auf dem Arm.	*unter dem Lehrertisch.*	*schwarzen Fahrrad.*

Lösungssatz:

____

Lesespaziergang:
Auf heißer Spur – QR-Codes

Station 1	 ○	 □	 △
Station 2	 ○	 □	 △
Station 3	 ○	 □	 △
Station 4	 ○	 □	 △
Station 5	 ○	 □	 △

Lesespaziergang: Auf heißer Spur – Station 1

Ciara, Ella, Alex und Manni zelten in den Ferien. Ihr Hund bemerkt Rauch und bellt. Das Gras im Graben brennt. Alex löscht den Brand mit Wasser. Manni findet den Stummel einer Zigarette. Hat jemand eine brennende Zigarette in den Graben geworfen? Wer tut so etwas? Die Kinder sichern ihren ersten Hinweis auf die Lösung des Falls.

Ciara, Ella, Alex und Manni zelten in den Sommerferien auf dem Kirchberg. Lady, Ciaras Hündin, bemerkt plötzlich Rauch hinter der Hecke. Sie schnuppert aufmerksam und bellt laut. Das trockene Gras in der Böschung brennt. Schnell löscht Alex den Brand mit einem Eimer Wasser. An der Brandstelle findet Manni den Stummel einer Zigarette. Sicherlich hat jemand eine brennende Zigarette weggeworfen. Doch wer tut so etwas Unüberlegtes? Die Kinder sichern ihren ersten Hinweis auf die Lösung des Falls.

Ciara, Ella, Alex und Manni zelten in den Sommerferien auf dem Kirchberg. Lady, die aufmerksame Berner Sennenhündin, bemerkt plötzlich Rauchwolken hinter der Hecke. Sie schnuppert in der Luft und bellt laut. Das trockene Gras in der Grabenböschung brennt. Schnell rennt Alex los und löscht den Brand mit einem Eimer Wasser. An der Brandstelle findet Manni einen Zigarettenstummel. Sicherlich hat jemand eine brennende Zigarette achtlos weggeworfen. Doch wer tut so etwas Unüberlegtes? Die Kinder beginnen sofort mit ihrer Detektivarbeit und sichern ihren ersten Hinweis auf die Lösung des Falls.

Lesespaziergang: Auf heißer Spur – Station 2

○	Gerade als Ciara, Ella, Alex und Manni in der Nacht schlafen, weckt eine Sirene die Kinder. Große Ballen aus Stroh brennen auf dem Feld. Die Feuerwehr löscht den Brand. Die Polizei nimmt einen Gipsabdruck von einer Reifenspur. Die oder der Brandstiftende hat ein Fahrzeug mit zwei Rädern benutzt. Die Kinder sichern auf dem Feld ihren zweiten Hinweis auf den Feuerteufel.
□	Gerade als Ciara, Ella, Alex und Manni in der Nacht eingeschlafen sind, weckt eine Sirene die Kinder. Am Ende der Straße brennen große Ballen aus Stroh auf dem Getreidefeld. Die Feuerwehr löscht den Brand. Die Kirchbergbande beobachtet eine Polizistin, als sie einen Gipsabdruck von einer Reifenspur nimmt. Sie ist davon überzeugt, dass die oder der Brandstiftende ein Fahrzeug mit zwei Rädern benutzt hat. Die Kinder sichern auf dem Feld ihren zweiten Hinweis auf den Feuerteufel.
△	Gerade als Ciara, Ella, Alex und Manni in der Nacht eingeschlafen sind, weckt eine laute Sirene die Kinder. Manni kann den Rauch schon riechen. Am Ende der Kirchbergstraße brennen große Rundballen aus Stroh auf dem abgeernteten Getreidefeld. Die Feuerwehr löscht den Brand fachmännisch. Die Kirchbergbande beobachtet Hauptkommissarin Meißner, als sie einen Gipsabdruck von einer Reifenspur nimmt. Sie ist davon überzeugt, dass die oder der Brandstiftende ein zweirädriges Fahrzeug benutzt hat. Die Kinder der Kirchbergbande setzen ihre Detektivarbeit fort und sichern auf dem Feld ihren zweiten Hinweis auf den Feuerteufel.

Lesespaziergang: Auf heißer Spur – Station 3

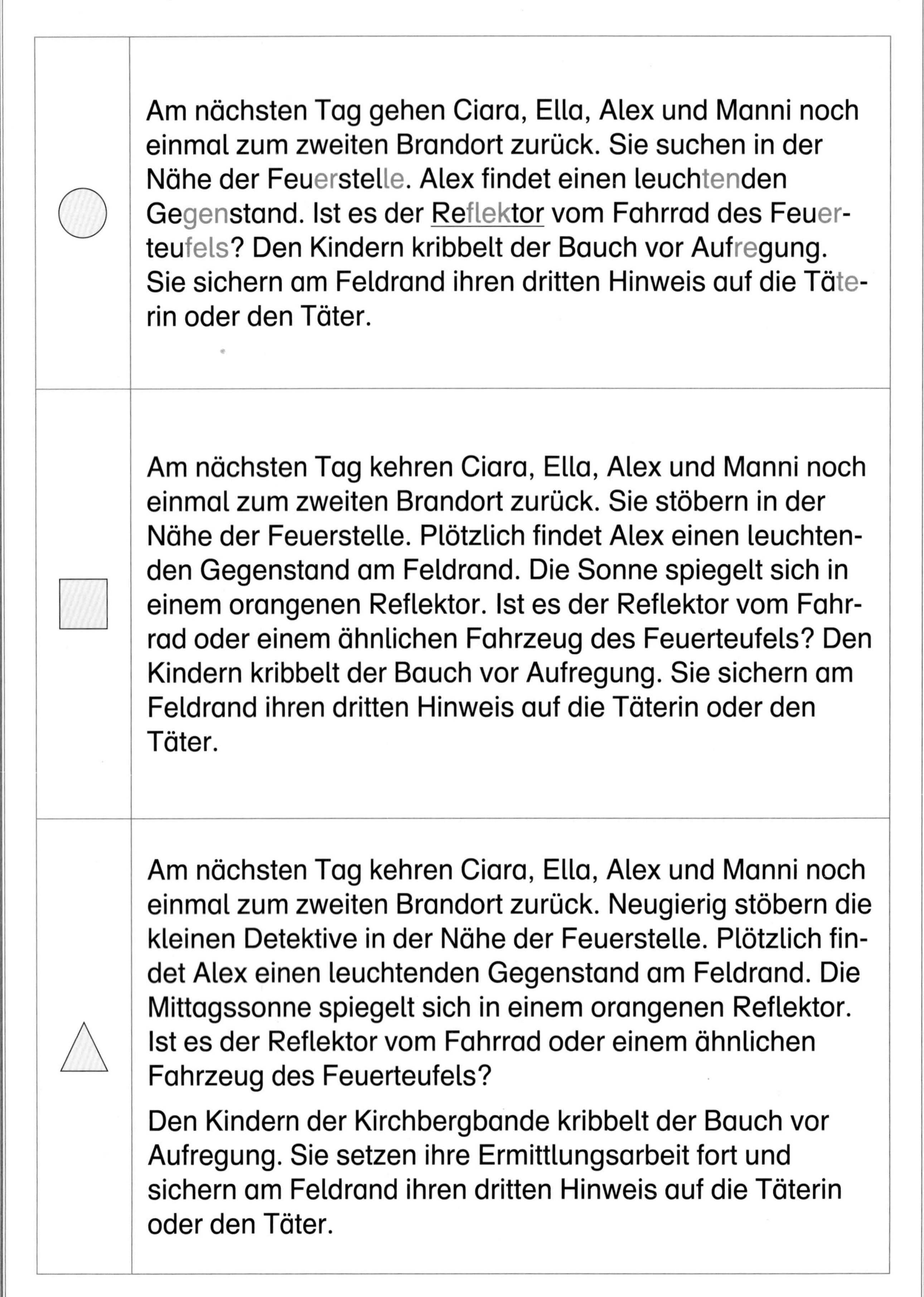

Am nächsten Tag gehen Ciara, Ella, Alex und Manni noch einmal zum zweiten Brandort zurück. Sie suchen in der Nähe der Feuerstelle. Alex findet einen leuchtenden Gegenstand. Ist es der Reflektor vom Fahrrad des Feuerteufels? Den Kindern kribbelt der Bauch vor Aufregung. Sie sichern am Feldrand ihren dritten Hinweis auf die Täterin oder den Täter.

Am nächsten Tag kehren Ciara, Ella, Alex und Manni noch einmal zum zweiten Brandort zurück. Sie stöbern in der Nähe der Feuerstelle. Plötzlich findet Alex einen leuchtenden Gegenstand am Feldrand. Die Sonne spiegelt sich in einem orangenen Reflektor. Ist es der Reflektor vom Fahrrad oder einem ähnlichen Fahrzeug des Feuerteufels? Den Kindern kribbelt der Bauch vor Aufregung. Sie sichern am Feldrand ihren dritten Hinweis auf die Täterin oder den Täter.

Am nächsten Tag kehren Ciara, Ella, Alex und Manni noch einmal zum zweiten Brandort zurück. Neugierig stöbern die kleinen Detektive in der Nähe der Feuerstelle. Plötzlich findet Alex einen leuchtenden Gegenstand am Feldrand. Die Mittagssonne spiegelt sich in einem orangenen Reflektor. Ist es der Reflektor vom Fahrrad oder einem ähnlichen Fahrzeug des Feuerteufels?

Den Kindern der Kirchbergbande kribbelt der Bauch vor Aufregung. Sie setzen ihre Ermittlungsarbeit fort und sichern am Feldrand ihren dritten Hinweis auf die Täterin oder den Täter.

Lesespaziergang: Auf heißer Spur – Station 4

◯	In der nächsten Nacht werden Ciara, Ella, Alex und Manni wieder von der Sirene geweckt. Drei Höfe weiter brennt dieses Mal eine Scheune. Die Kirchbergbande beobachtet die Feuerwehr. Alex findet eine Zigarette der Marke „Dunst 23". Sie sieht dem Stummel vom ersten Brandort ähnlich. Die Kinder sichern an der Scheune ihren vierten Hinweis.
□	In der nächsten Nacht werden Ciara, Ella, Alex und Manni erneut von der Sirene geweckt. Drei Höfe weiter brennt dieses Mal eine Scheune. Die Kirchbergbande beobachtet die Löscharbeiten der Feuerwehr. Die Kinder entdecken eine verdächtige Person. Am nächsten Tag findet Alex einen Zigarettenstummel der Marke „Dunst 23". Er sieht dem Stummel vom ersten Brandort sehr ähnlich. Die Kirchbergbande setzt ihre Detektivarbeit fort und sichert an der Scheune ihren vierten Hinweis.
△	In der darauffolgenden Nacht werden Ciara, Ella, Alex und Manni erneut von der Sirene geweckt. Der Feuerteufel hat wieder zugeschlagen. Drei Höfe weiter westlich brennt dieses Mal eine Scheune lichterloh. Die Kirchbergbande beobachtet die Löscharbeiten der Feuerwehr von einer Pferdekoppel aus. Gerade als die Kinder eine verdächtige Person entdecken, ergreift Lady die Flucht. Doch am nächsten Tag findet Alex eine Zigarette der Marke „Dunst 23". Er sieht dem Stummel vom ersten Brandort sehr ähnlich. Die Kinder der Kirchbergbande setzen ihre Detektivarbeit fort und sichern an der Scheune ihren vierten Hinweis.

Lesespaziergang: Auf heißer Spur – Station 5

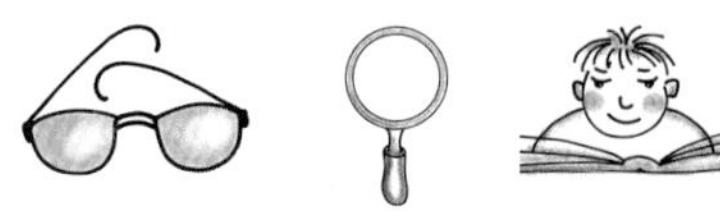

○	Ciara, Ella, Alex und Manni gehen zum Hof von Oma Brenner. Von dort wollen sie den möglichen Täter beobachten. Als es dunkel wird, brennt die Scheune von Oma Brenner. Die alte Dame ist in Gefahr und der verdächtige Nachbar hilft. Die Kinder bemerken ein Mofa am Tatort, dessen Reflektoren an den Speichen fehlen. In den Satteltaschen sind Zigaretten der Marke „Dunst 23“ und ein Feuerzeug. Jetzt sichern die Kinder ihren fünften und letzten Hinweis.
□	Gut ausgerüstet gehen Ciara, Ella, Alex und Manni zum Hof von Oma Brenner. Von dort wollen sie den Verdächtigen beobachten. Als es dunkel wird, geht die Scheune von Oma Brenner in Flammen auf und die alte Dame ist in Gefahr. Ausgerechnet der verdächtige Nachbar hilft den Kindern, die Oma vor dem Feuer zu retten. Die Kinder bemerken ein Mofa in Tatortnähe. Manni entdeckt fehlende Reflektoren an den Speichen. In den Satteltaschen findet er Zigaretten der Marke „Dunst 23“ und ein Feuerzeug. Jetzt hat die Kirchbergbande den Feuerteufel enttarnt. Schnell sichert sie ihren fünften und letzten Hinweis.
△	Gut ausgerüstet gehen Ciara, Ella, Alex und Manni zum Hof von Oma Brenner. Von dort wollen sie den Hauptverdächtigen im Haus gegenüber observieren. Als es dunkel wird, geht plötzlich die Scheune von Oma Brenner in Flammen auf und die alte Dame ist in Gefahr. Doch was ist das? Ausgerechnet der verdächtige Nachbar hilft den Kindern, die Oma vor dem Feuer zu retten. Während die Feuerwehr, Polizei und der Rettungswagen eintreffen, bemerken die Kinder ein Mofa in Tatortnähe. Manni entdeckt fehlende Speichenreflektoren und findet in den Satteltaschen Zigaretten der Marke „Dunst 23“ sowie ein Feuerzeug. Jetzt sind die Kinder der Kirchbergbande dem Feuerteufel dicht auf den Fersen. Schnell sichern sie ihren fünften und letzten Hinweis.

Wir sind die Kirchbergbande

Refrain:

Lachen und toben, schnuppern im Sande,
wir sind die Kirchbergbande.
Fremd und anders, furchtbar einsam,
komm dazu, wir forschen gemeinsam.
Wir bleiben stets am Ball,
uns're Bande löst jeden Fall.

Strophe 1:

Kleine Hunde sind geboren,
acht Welpen quirlig und auch lieb.
Helles Köpfchen ist nun nötig,
denn Rudi raubt ein Hundedieb.

Strophe 2:

Flammen züngeln, Scheunen brennen,
Feuer löschen in einer Tour.
Detektive werden tätig,
dem Feuerteufel auf der Spur.

Wir sind die Kirchbergbande

Text und Musik: Liane Vach

Strophe 2:

Flammen züngeln, Scheunen brennen,
Feuer löschen in einer Tour.
Detektive werden tätig,
dem Feuerteufel auf der Spur.

Name: ______________________ Klasse: __________

Der Feuerteufel: Feuerversuche

Laufzettel

Nr.	Station		
1	Zündende Sonne	○ □ △	
2	Brennbar oder nicht?	○ □ △	
3	Flammenzauber	○ □ △	
4	Feuerfarben	○ □ △	
5	Feuer verändert	○ □ △	
6	Nahrung für die Flamme	○ □ △	
7	Feuerlöscher	○ □ △	

Stationskarten (Übersicht)

Hinweis: Die Stationskarten finden Sie als editierbare Word-Vorlage in den Downloadmaterialien.

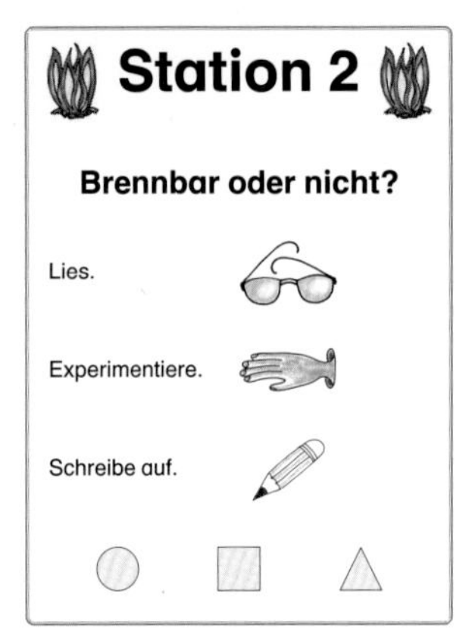

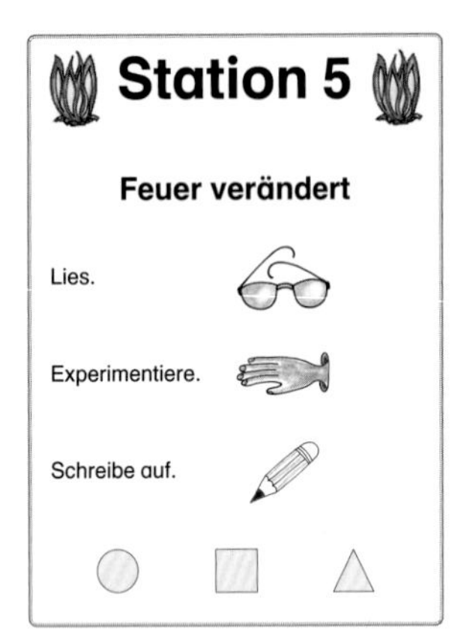

Zündende Sonne

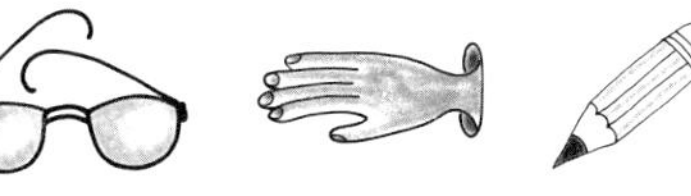

Du brauchst:

- Sonnenschein
- 1 Leselupe
- trockene Blätter oder Gräser
- trockene dünne Zweige
- Steine
- Sonnenbrille

So geht es:

1. Suche dir draußen einen Platz, weit genug entfernt von Bäumen oder Sträuchern.
2. Setze die Sonnenbrille auf.
3. Sammele ein paar Steine und lege sie zu einem Kreis.
4. Lege trockenes Gras oder Blätter in die so entstandene Mulde.
5. Halte deine Lupe so in die Sonne, dass die Lupe einen leuchtenden Flecken auf dein Brennmaterial wirft.
6. Was passiert?
7. Notiere deine Beobachtungen.

Das habe ich beobachtet:

____

____

____

____

____

So erkläre ich mir das:

____

____

____

____

____

____

____

Brennbar oder nicht?

Du brauchst:

- 1 Backblech als Unterlage
- 1 Teelicht
- 1 Stabfeuerzeug
- 1 Tiegelzange
- 1 Blechdose
- Brennstoffe aus unterschiedlichen Materialien: Papier, Pappe, Stoff, Holzspäne, Nägel, Korken, Wachs, Wolle, Blätter, Steine
- Tabelle: „Was brennt? Was schmilzt? Was brennt nicht?“

So geht es:

1. Stelle das Teelicht auf das Backblech und zünde es an.
2. Lege die Zange daneben und verteile die Materialien hinter dem Backblech nebeneinander.
3. Stelle die Blechdose neben das Teelicht auf das Backblech.
4. Nimm mit der Zange ein Materialstück und halte es dicht über das brennende Teelicht.
5. Überprüfe, ob es brennt oder nicht.
6. Lege das Material in die Blechdose.
7. Kreuze in der Tabelle an.
8. Notiere deine Beobachtungen.

Das habe ich beobachtet:

____

____

____

____

So erkläre ich mir das:

____

____

____

____

____

____

____

____

Was brennt? Was schmilzt? Was brennt nicht?

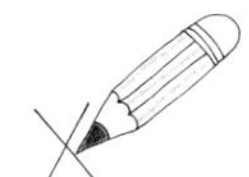

Kreuze an!

	brennt	schmilzt	brennt nicht
Wollfaden			
Papierserviette			
Baumwollstoff			
Papier			
Kerzenwachs			
Nagel			
Blatt vom Baum			
Watte			
Glasmurmeln			
Aluminiumfolie			
Eisenspäne			
Plastikstück			
Stein			
Haare			

Flammenzauber

 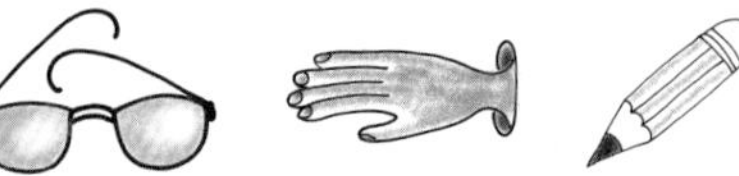  

Du brauchst:

- 1 Backblech als Unterlage
- 1 Teelicht
- lange Streichhölzer

So geht es:

1. Stelle das Teelicht auf das Backblech und zünde es mit dem Streichholz an.
2. Lass das Teelicht etwa eine Minute lang brennen. Das Wachs soll flüssig sein.
3. Puste das Teelicht aus.
4. Zünde gleich ein Zündholz an.
5. Halte das brennende Zündholz in die Nähe des Dochtes.
6. Was passiert?
7. Notiere deine Beobachtungen.

Das habe ich beobachtet:

So erkläre ich mir das:

Feuerfarben

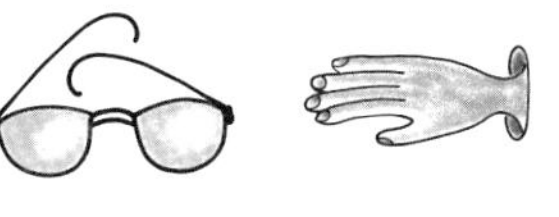

Du brauchst:

- 1 Backblech als Unterlage
- 1 Teelicht
- 1 Stabfeuerzeug
- 2 Keramikteller

So geht es:

1. Stelle das Teelicht auf das Backblech und zünde es mit dem Stabfeuerzeug an.
2. Beobachte die Flamme. Welche Farben hat sie?
3. Halte über die Kerzenflamme einen Teller. Beobachte, was passiert.
4. Zünde nun das Feuerzeug an und beobachte diese Flamme. Welche Farben hat sie?
5. Halte über die Feuerzeugflamme einen Teller. Beobachte, was passiert.
6. Notiere deine Beobachtungen.

Das habe ich beobachtet: ○

____

____

____

____

So erkläre ich mir das: □ △

____

____

____

____

____

____

____

____

____

Feuer verändert

Du brauchst:

- 1 Backblech als Unterlage
- 1 Teelicht
- 1 Stabfeuerzeug
- 1 Tiegelzange
- 1 Teelöffel weißen Zucker
- 1 Blechdose

So geht es:

1. Stelle das Teelicht auf das Backblech und zünde es mit dem Feuerzeug an.
2. Fülle den Teelöffel mit etwas weißem Zucker.
3. Halte den Teelöffel mit der Tiegelzange über das Teelicht.
4. Notiere deine Beobachtungen.

Das habe ich beobachtet:

____

____

____

____

So erkläre ich mir das:

____

____

____

____

____

____

____

____

____

____

____

____

Nahrung für die Flamme

Du brauchst:

- 1 Backblech als Unterlage
- 3 Teelichte
- 1 Stabfeuerzeug
- 3 Trinkgläser in verschiedenen Größen

So geht es:

1. Stelle die drei Teelichte auf das Backblech.
2. Zünde sie mit dem Stabfeuerzeug an.
3. Stülpe die drei Trinkgläser über die brennenden Teelichte.
4. Was passiert?
5. Notiere deine Ergebnisse.

Das habe ich beobachtet: ◯

____

____

____

____

So erkläre ich mir das: □ △

____

____

____

____

____

____

____

____

____

____

____

Feuerlöscher

Du brauchst:

- 1 Backblech als Unterlage
- 1 kleine flache Blechschale
- 1 Spritzflasche
- 1 Päckchen Backpulver oder Natron
- Wasser
- Messbecher
- Spülmittel
- Holzspäne
- Papier
- 1 Stabfeuerzeug

So geht es:

1. Fülle in die Spritzflasche ca. 15 ml Wasser.
2. Gib ein Päckchen Backpulver und 10 bis 20 ml Spülmittel hinzu.
3. Stelle die Blechschale auf das Backblech.
4. Lege Holzspäne oder etwas Papier auf die Blechschale.
5. Zünde es an.
6. Schüttle die volle Spritzflasche kräftig und spritze den schaumigen Inhalt auf den Brand.

Das habe ich beobachtet:

So erkläre ich mir das:

Sicherheitsregeln beim Experimentieren mit Feuer

✔ Ich experimentiere nur unter Aufsicht.	
✔ Meine langen Haare binde ich zu einem Zopf.	
✔ Ich trage keine Tücher oder Schals.	
✔ Ich esse und trinke nicht während der Experimente.	
✔ Ich krempele meine Ärmel nach oben.	
✔ Ich arbeite nur auf einer feuerfesten Unterlage (Backblech).	
✔ Ich stelle Wasser zum Löschen bereit.	
✔ Ich halte immer einen sicheren Abstand zur Flamme.	

So führe ich die Experimente durch!

1. Ich lese die Versuchsbeschreibung genau durch.
2. Ich räume meinen Arbeitsplatz leer.
3. Ich hole mein Material und baue den Versuch auf.
4. Ich führe den Versuch durch und beobachte genau.

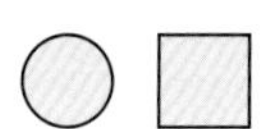

5. Ich notiere meine Beobachtungen.
6. Ich suche nach einer Erklärung.
7. Ich schreibe meine Erklärung auf.
8. Ich vergleiche meine Erklärung mit den Kontrollkarten.

9. Ich stelle den anderen meine Ergebnisse vor.
10. Ich räume meinen Arbeitsplatz auf.

Die Aufgaben der Feuerwehr

1. Lies dir den Text genau durch und **markiere** wichtige Informationen **mit einem farbigen Stift**.

2. Vergleiche mit deinem Tischnachbarin oder deinem Tischnachbarn.

3. Einigt euch **auf zehn wichtige Stichpunkte**, die die Aufgaben der Feuerwehr beschreiben, und lasst sie von eurer Gruppensprecherin / eurem Gruppensprecher vortragen.

Das Tätigkeitsfeld der Feuerwehr unterliegt ständigen Veränderungen. Während vor ein paar Jahren noch das Feuerlöschen als wichtigste Aufgabe betrachtet wurde, bringen sich Feuerwehren aufgrund der stark zurückgehenden Anzahl von Bränden mehr und mehr als Hilfeleistende ein. So stellen Feuerwehrleute bei Hochwasser eine große Personenzahl zum Helfen bereit. Sie schleppen Sandsäcke, errichten Dämme und evakuieren Menschen aus ihren Häusern.

Die Aufgabengebiete der Feuerwehr werden häufig unter den vier Schlagworten **Retten, Löschen, Bergen** und **Schützen** zusammengefasst. Statistisch gesehen, rückt die Feuerwehr alle sieben Minuten aus, um diesen Aufgaben nachzukommen.

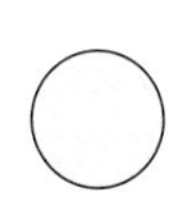

Das **Retten** ist in Zeiten rückgängiger Brände stark in den Mittelpunkt gerückt. Sowohl bei Überschwemmungen als auch bei Verkehrsunfällen und natürlich bei Bränden ist es meist die Feuerwehr, welche zuerst an Ort und Stelle ist. Dort schneiden die Einsatzkräfte Unfallopfer aus ihren Autowracks, versorgen Brandvergiftete mit Sauerstoff und leisten allgemein Erste Hilfe.

Auch das **Bergen** von Lebewesen oder Gütern fällt in den Aufgabenbereich der Feuerwehrleute. So muss die Feuerwehr nach Unfällen und Katastrophen Fahrzeuge, Sachgüter, Tiere oder tote Menschen bergen. Nach Unwettern zählt die Räumung der Straßen von umgestürzten Bäumen oder das Auspumpen von Kellern zu ihren Aufgaben. Manchmal kümmert sich die Feuerwehr auch um das Einfangen entlaufener Tiere.
Das **Löschen** von Bränden zählt zu den ältesten Aufgaben der Feuerwehr. Neben brennenden Gebäuden müssen manchmal ganze in Flammen stehende Gebiete, wie zum Beispiel Wälder, gelöscht werden. Vor allem im Sommer hat die Feuerwehr mit der Eindämmung von Waldbränden, die durch Hitzegewitter und Trockenheit ausgelösten werden, viel zu tun.

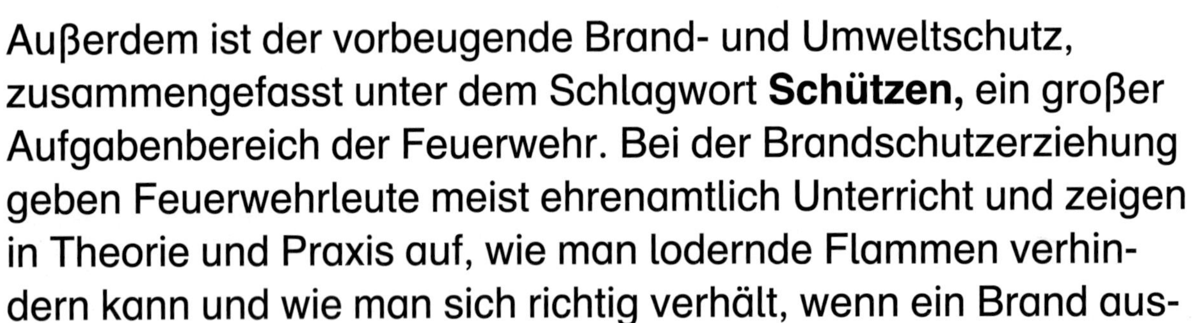

Außerdem ist der vorbeugende Brand- und Umweltschutz, zusammengefasst unter dem Schlagwort **Schützen,** ein großer Aufgabenbereich der Feuerwehr. Bei der Brandschutzerziehung geben Feuerwehrleute meist ehrenamtlich Unterricht und zeigen in Theorie und Praxis auf, wie man lodernde Flammen verhindern kann und wie man sich richtig verhält, wenn ein Brand ausbricht.

Die Feuerwehr wird auch bei gefährlichen Chemie- oder Strahlenschutzeinsätzen gerufen. Spezielle GSG-Löschzüge (GSG steht für „Gefährliche Stoffe und Güter“) schützen nicht nur die Menschen, sondern auch die Umwelt bei Unfällen mit gefährlichen, brennbaren oder ätzenden Stoffen.

Bewertungskriterien: Feuerversuche

Kriterien	mögliche Punkte	erreichte Punkte
Du hast alle benötigten Materialien geholt.	3	
Du hast den Versuch so aufgebaut, wie es in der Versuchsbeschreibung steht.	3	
Du hast den Versuch so durchgeführt, wie es in der Versuchsbeschreibung steht.	3	
Du hast deine Beobachtungen notiert.	pro mögliche Beobachtung 1 Punkt	
Du hast sauber und leserlich geschrieben.	3	
Du hast deine Erklärungen notiert.	pro möglicher Erklärung 1 Punkt	
Du hast deine Erklärungen mit den allgemeinen Erklärungen verglichen und kannst Gemeinsamkeiten und Unterschiede benennen.	dem Erwartungshorizont entsprechend	
Du kannst den Versuch vor anderen genau durchführen, währenddessen darüber berichten und das Ergebnis erklären.	3	
Gesamt:		
Besonderheiten:		

Das Feuerdreieck

Löschen durch Ersticken

Sauerstoff

Wärme

Löschen durch Kühlen

brennbarer Stoff

Löschen durch Entfernen